Abenteuer mit Ritter Griebs von Kriebstein

- Ritter Griebs geht in die Luft -

Eine Geschichte geschrieben und illlustriert von Jens Dittrich

Hör doch mal auf, mit dem Ruder im Wasser zu planschen! Ich hab da eben etwas gehört und gesehen." Dazu machte Fine ein Gesicht wie plötzlich versteinert. Oder als hätte sie ein Blitz getroffen.
„Ich kann hier nur Wasser, Wasser und Wasser sehen. Und um das Wasser herum nur Wiesen, Bäume und Berge. Wenn du glaubst, ich müsse mich vom Rudern ausruhen, dann muss ich dich enttäuschen. So schnell mache ich nicht schlapp." Dazu grinste Kevin lässig zu Fine herüber, die ihm im selben Ruderkahn auf der Bank gegenüber saß. Fine, die eigentlich Josefine heißt, sah aber nicht zu Kevin hin. Ihre Augen starrten nach einem im Wasser schwimmenden Gegenstand. Das Ruderboot, welches sich die beiden ausgeliehen hatten, schaukelte ganz ruhig auf dem Wasser des Stausees.

Weil es allen Kindern beim letzten Klassenausflug in der schönen Gegend um die Talsperre Kriebstein so gefallen hatte, sind die Großstadtkinder nach gar nicht langer Zeit ein weiteres Mal in der Nähe der Burg Kriebstein zu Gast.
Die „Rasselbande", wie die Klassenlehrerin ihre Schüler nennt, durfte das Ziel ihrer Ausfahrt wieder selbst auswählen.
Wo sollte es da wohl hingehen? Bei der Entscheidung gab es keine Gegenstimme in der Klasse.
Es sollten ein paar wunderschöne Tage in der Jugendherberge Falkenhain werden. Direkt am Stausee der Talsperre, unweit der noch allen Kindern gut bekannten Burg Kriebstein. Die Kinder konnten sich noch allzu gut an die geheimnisvollen, märchenhaften und doch so wirklichen Erlebnisse auf der Burg Kriebstein erinnern.
So spukten in den Gedanken der Kinder immer noch der Zauberer Hässlon, der den Ritter Griebs von Kriebstein, dessen Freundin Kriebhilde und den Knappen Hugo in Geister verwunschen hatte. Vor allem Fine und Kevin hatten wohl einen gewaltigen Anteil daran, dass der Fluch des gefährlichen Zauberers gebannt werden konnte und Ritter Griebs, Kriebhilde und Hugo wieder zurück in ihr Mittelalter wandeln konnten.

Das war ein wohl einzigartiges Erlebnis. Wie im Märchen. Und doch wahrhaftig, wirklich. Wie groß die Angst war, als Fine und Kevin allein auf der Burg Kriebstein des Nachts eingeschlossen waren. Wie es gelungen war, den wohl gefährlichsten aller Zauberer, den schrecklichen Hässlon, mit Mut, List und natürlich mit Köpfchen zu besiegen. Und das allerwichtigste war wohl, dass sich die Kinder mit den guten Geistern fest verbündet hatten. Ja, das hatten sie spüren können: Gemeinsam mit Freunden kann man so ziemlich alles erreichen.

Der Ritter Griebs, Kriebhilde und Hugo. Was werden sie wohl jetzt gerade tun? Da wo sie jetzt sind. In ihrem Zuhause, dem Mittelalter. Ob sie vielleicht noch an uns denken?

Nun ja, da waren sie also. Die Großstadtkinder. Mitten in der Natur, ein ganzes Stück fort von zuhause. Zwar fühlten sich Kevin und Fine seit ihrem Abenteuererlebnis magisch von der Burg Kriebstein angezogen. Aber an Geisterjagd oder Spuk auf der Burg dachte jetzt gerade keiner von ihnen.
Gestern besuchte die ganze Klasse ein Dorf, gleich zwei Berge und Täler hinter der Jugendherberge. Bis dahin war es nicht weit zu wandern. Das Ziel war eine Ballonfliegerstation.

Das heißt, da gibt es einen Mann, der besitzt Heißluftballons.
Mit diesen Ballons fliegen, oder sagt man dazu fahren, vor allem Touristen hoch in Richtung Himmel. Natürlich in Begleitung des Mannes, dem die riesigen, aus Stoff genähten Ballons gehören. Dieser Mann hatte den Kindern auch ganz genau erklärt, wie und warum so ein lampionförmiger Stoffballon in die Höhe geht. Die zu einem Ballon zusammengenähten Stoffbahnen muss man sich wie einen riesigen, luftdichten Fallschirm vorstellen. Nur, dass der Stoffschirm nicht nach unten fällt und die Geschwindigkeit abbremst, sondern mit Hilfe von Heißluft nach oben steigt. Heiße Luft steigt immer nach oben und nimmt dabei den Ballon mit. Die heiße Luft wird mit einem Gasbrenner erzeugt. So wie bei einem riesigen Feuerzeug.
Unten am Ballon hängt ein an zahlreichen Seilen befestigter Korb. In eben diesem Korb können je nach Größe von Ballon und Korb mehrere Menschen mit nach oben steigen oder fliegen. Eigentlich sagt man „Ballonfahrt" zu diesem Vorgang, wie der Ballonbesitzer erklärte.
So durften die mutigsten Jungen und Mädchen aus der Klasse, natürlich in Begleitung des erfahrenen Ballonbesitzers, mit in die Lüfte fliegen – oder eben: in die Lüfte fahren.
Ehrlich gesagt, Kevins Herz pochte fast doppelt so schnell, und Fine musste vor Aufregung kurz vor dem Einstieg noch einmal ganz schnell die Toilette aufsuchen. Weil aber keine in der Nähe war, musste in der Eile auch ein Gebüsch ausreichen.
Frau Pinglich, die Klassenlehrerin, tat wieder sehr besorgt. Und das, obwohl sie schön brav am Boden blieb und den Ballonkorb nicht einmal angefasst hatte.
Als die erste Gruppe an Bord des Ballons war, konnte sie sich nicht verkneifen, hinterher zu rufen: „Und dass ihr mir ja alle wieder vollständig herunter kommt!"
Mit Kevin ging sofort die Fantasie durch und er stellte sich vor, wie ihm Flügel wuchsen und er oben aus dem Ballonkorb herausflog. Nur, dass er nicht herunter kam, sondern noch höher flog.
Ähnliche Bilder gingen den meisten anderen Kindern auch durch den Kopf, denn schon setzte ein großes Gelächter ein.

Es war für alle ein toller Ausflug. Am Tag darauf gab es weniger aufregendes zu erleben: Heute waren alle in der Herberge geblieben. Einige spielten Tischtennis. Fernsehen konnte man auch. Oder man entschied sich fürs Schwimmen in der Zschopau.
Wie bereits erwähnt, Kevin und Fine hatten sich ein Ruderboot ausgeliehen.
Sie hatten sich vorgenommen, den Stausee genauer zu erkunden.

Etwas einfacher hatten sich die beiden das mit dem Boot schon vorgestellt. Trotz allem, ganz schön kippelig. Als dann auch noch ein Fahrgastschiff Wellen verursachte, die gar nicht so groß aussahen und das Ruderboot wie ein Spielzeug auf dem Wasser herum schaukeln ließ, wurde es den beiden Ruderbootmatrosen ganz schön mulmig im Bauch.

„Nun? Was sieht denn der Steuermann so Aufregendes im Meer?" Kevin lästerte bezüglich der geheimnisvollen Entdeckung von Fine.
„Du hattest doch vor wenigen Minuten so getan, als hättest du eine sensationelle Entdekkung gemacht." Kevin bemühte sich darum, nicht zu spotten. „Du sagtest doch, wir sollten leise sein und da dachte ich, du hättest etwas Besonderes gesichtet?"
„Durch die Wellen des blöden Motorschiffes und deine Lästereien habe ich meine Entdeckung fast aus den Augen verloren!" Fine machte wieder ein ernstes Gesicht. „Heb das Ruder mal ganz ruhig aus dem Wasser!"
Jetzt sah auch Kevin, wovon Fine sprach.

Da beugte sich Kevin weit mit dem Oberkörper über den Bootsrand. Beinahe sah es so aus, als wollte das Boot kippen. Kevin griff mit ausgestrecktem Arm ins Wasser und holte einen Gegenstand in das Boot. Endlich saß er wieder gerade, und das Ruderboot erhielt allmählich Balance.
Da hatte er sie.
Mit der einen Hand hielt er eines der Ruder und in der anderen hatte er eine ziemlich große Flasche.

„Was haben wir denn da aus der Flut gefischt?", murmelte er mehr für sich selbst dahin.
„Eine leere Weinflasche", bemerkte Fine gelangweilt und fast etwas enttäuscht.
„Aber nicht irgendeine alte Flasche!" „Sondern?", fragte Fine.
„Es ist eine ganz besondere Flasche." Kevin machte es spannend. „Ich habe soeben eine Flaschenpost aus dem Wasser geholt." „Und ich hab sie entdeckt", ergänzte Fine sogleich.
Tatsächlich. In der etwas größeren, schmutzigen Flasche, die mit einem Korken verschlossen war, befand sich ein Zettel. Es konnte auch ein Brief sein.
Und noch etwas war in der Flasche!
„Wie kommt denn in diese verschlossene Flasche ein Frosch hinein? Das können nur Tierquäler gewesen sein." Kevin hielt die Flasche gegen das Sonnenlicht. Tatsächlich sah man neben einem zusammengerollten Zettel einen kleinen Frosch in der Glasflasche. Dieser sprang jetzt wie wild in der Flaschenpost umher.
Kevin hielt die Flasche dicht vor seine Augen. „Warte, kleiner Frosch. Gleich werde ich dich aus dem Gefängnis befreien." Kevin versuchte am Korken der Flasche zu ziehen. Doch der rührte sich nicht. Er steckte unheimlich fest im Flaschenhals. Wie angeklebt.
Plötzlich krachte es explosionsartig. Mit lautem Knall zerbrach die Flasche in mehrere Stücke.
Einen Teil, sozusagen den Flaschenhals mit einer großen Scherbe dran, hielt Kevin erschrocken in der Hand. Mit einem Satz sprang der Frosch aus der kaputten Flasche auf den Bootsrand.
Kevin schüttelte an den Scherben der Flaschenpost, sodass auch das Schriftstück heraus fiel.
Gespannt starrten beide auf die papierähnliche Rolle. „Ich glaube, das ist kein Papier. Es könnte Pergament sein." Kevin rollte das Stück auseinander.
Als hätten die beiden einen Schatz geborgen, gespannt wie die Flitzbogen, mit blassen Gesichtern war der Blick der Kinder auf den Inhalt der Flaschenpost gerichtet.

Von den Kindern unbemerkt sprang der Frosch mit einem Satz hinter das Boot ins Wasser. Die zwei „Schatzfinder" sahen auch nicht, wie sich der Frosch erst von grün in dunkelrot und dann von dunkelrot in schwarz verfärbte. Dort, wo der Frosch ins Wasser eintauchte, brodelte das Wasser, als würde es zu kochen beginnen. Das wallende Wasser ließ das Ruderboot gehörig schaukeln. An der Stelle, an der der Frosch ins Wasser tauchte, erhob sich mit kräftigen Flügelschlägen ein übergroßer schwarzer Vogel in Richtung Himmel. Weit oben verschwand er dann hinter einer dunklen Wolke. Der einzigen Wolke übrigens, am blauen Himmel.
Aber: All das hatte niemand gesehen.

„Mach es nicht so spannend!", drängelte Fine. „Lies schon vor, was auf dem Zettel steht!"
„Das ist kein gewöhnlicher Zettel." Kevin rückte seine Brille mit den rechteckigen Gläsern auf der Nase zurecht und machte dazu das bekannte, wichtige Gesicht.

„Voll krass! Das ist ein echtes Stück Pergament. Auf solchem Material wurde im Mittelalter geschrieben. Papier gab es damals noch nicht."
„Egal wie das Zeug heißt, lies schon vor, was draufsteht! Vielleicht ist es eine Karte, wie in der Geschichte mit der Schatzinsel oder so?"
„Typisch Mädchen! Schatz, Schmuck und am besten noch eine Kiste mit heißen Klamotten." Kevin konnte sich diese Bemerkung einfach nicht verkneifen.
Wieder rückte er an seiner Brille. „Da soll einer draus schlau werden... Hier steht: Bitte besucht uns. Wir sind in großer Gefahr. Hoheitliche Grüße entbietet Ritter Dietrich – und darunter ist ein Apfel gemalt. So einer mit einem Biss drin. Wie Griebs einen auf seinem Helm hatte. Und hier, eine Art Hütte oder Haus und ein Gebilde... wie ein Pferd.
Das sieht so aus, als soll das ein Treffpunkt sein.
Ich hab's, ich hab's! Das ist eine Nachricht von Ritter Griebs. Ich wusste, dass er noch an uns denkt. Er denkt nicht nur an uns. Nein, er braucht sicher unsere Hilfe.
Ich kombiniere: Das Bild bedeutet, dass wir zum Pferdestall auf Burg Kriebstein kommen sollen!
Genau das will uns sicher der Ritter mitteilen!" Kevin zitterte vor Aufregung.
„Aber wie kommt denn die Flaschenpost aus dem Mittelalter hierher?"
„Die Frage ist gut, liebe Fine. Aber wir haben ja auf der Burg Kriebstein schon so manche unerklärbare Dinge erlebt. Egal wie und woher: Ritter Griebs braucht unsere Hilfe! Und wir werden helfen!"
„Das sagst du so einfach. Wir werden helfen. Und wie stellst du dir das vor? Jetzt, wo der Ritter mit seinen Leuten im Mittelalter ist? Und wir haben hier noch zwei Tage Zeit und dann geht's wieder zurück in die Stadt und in die Schule."
„Wir werden den anderen gar nichts von der Flaschenpost erzählen. Am besten werden wir morgen, gleich nach dem Mittagessen, unbemerkt in Richtung Burg aufbrechen."
Es schien, als hätten Kevin und Fine vergessen, dass sie immer noch im Ruderkahn saßen, mitten auf dem Stausee.
„Du meinst, wir sagen auch Frau Pinglich nichts?", flüsterte Fine.
„Nein. Jeder, der hiervon etwas weiß, ist einer zu viel. Das können wir nicht für unsere Aktion brauchen. Jeder Mitwisser kann uns zum Hindernis werden. Und Griebs wartet sicher auf unsere Hilfe, die er braucht. Bestimmt ganz dringend. Und du schwörst, dass du kein einziges Wort, nicht eine Silbe von dir gibst?"
„Ich schwöre", antwortete Fine etwas ängstlich.
Kevin rollte das Pergamentstück zusammen und steckte es in seine Hosentasche.
„Lass uns zurück an den Bootssteg rudern. Wir tun so, als wäre nichts geschehen. Dann essen wir Abendbrot und danach bereiten wir uns auf unsere Expedition ins Mittelalter vor."
Mit ganzer Kraft zog Kevin die Ruder durch das Wasser und Fine staunte. „Da steckt ganz schön Mumm dahinter. Ist ja beinahe schon Leistungssport!" Fine verstand es, Kevin ein wenig zu schmeicheln. Bald hatten sie den Bootssteg erreicht.

Die anderen Kinder waren schon beim Abendessen. Bald war auch schon für alle Nachtruhe. Der Mond hing wie eine goldene Sichel am Himmel. Die Nacht war sternenklar. Stille lag über der Talsperre. Nur einige Fledermäuse flatterten durch die Nachtluft.
Alle Kinder schliefen bestimmt schon fest. Zumindest taten alle so. Hin und wieder hörte man Frau Pinglich mit einigen ihrer Ordnungsmaßregeln durch die Nacht plappern.

Bitte besucht uns!
Wir sind in großer Gefahr!
Hoheitliche Grüße entbietet Ritter Dietrich
Di 14

Zwei Kinder schliefen noch nicht. Sie waren zu aufgeregt, um zu schlafen. Die Rucksäcke waren schon für den nächsten Tag gepackt. Ein Seil, Taschenlampen, Taschenmesser, Fotoapparat und natürlich die Handys. Fine nahm ihr Handy noch mal aus dem Rucksack und schickte noch eine „Gute-Nacht-SMS" an ihre Eltern. Dann schlief auch sie.

Der heutige Tag, so stellte es sich Frau Pinglich vor, sollte noch einmal für alle sportlich werden. Dazu wurde die Klasse in drei Gruppen aufgeteilt. Einige hätten die gesamte Zeit nur an den Tischtennisplatten verbringen können. Genau diese Kinder hatten sich auch heute für diesen Sport entschieden. Frau Pinglich höchst persönlich blieb bei dieser Gruppe und hatte extra ein kleines Turnier organisiert. Die zweite Gruppe wollte im Wasser der Talsperre die Voraussetzungen für ein Schwimmabzeichen absolvieren. Sie folgten dem für das Freibad der Jugendherberge verantwortlichen Bademeister, einen richtigen Rettungsschwimmer. Logisch, dass sich Kevin und Fine für die dritte Gruppe entschieden hatten.
Diese Gruppe, die nun aus zehn Kindern und einem Vati aus der Elternvertretung bestand, hatte sich zum Ziel gesetzt, zu Fuß um die Talsperre zu wandern. Das heißt, nicht nur zu Fuß. Zunächst ging es mit einem kleineren Fährschiff hinüber zur anderen Seite des Stausees, nach Kriebstein. Von da aus sollte die Wanderung durch Kriebstein hindurch bis ins Tal der Zschopau gehen.
Nach der geplanten Überquerung einer stählernen Brücke hätte es dann noch ein ganzes Stück Weg erfordert, bis man an einer Bushaltestelle angelangte. Mit dem Bus sollte es dann wieder fast bis zur Jugendherberge gehen.
Ein Zwischenstopp auf der Burg Kriebstein war nicht vorgesehen, aber der Weg der Wandergruppe führte geradewegs daran vorbei.
Und das war die große Chance von Kevin und Fine.
Die Gruppe trottete gemütlich den steilen Burgberg hinauf, vorbei an der Märchenburg. Fine und Kevin verlangsamten am Ende der Gruppe etwas ihr Tempo und taten so, als wären ihnen die anderen zu schnell. Warum sollte da jemals einer misstrauisch werden? So ging alles ganz schnell. Kevin huschte nach links in die Zufahrt der Burg und Fine huschte hinterher. Sie hatten es geschafft. Wenige Meter nur und sie befanden sich mitten auf dem Burghof, unauffällig inmitten zahlreicher Ausflügler. Ehe der erste aus der Wandergruppe das Verschwinden der beiden Kinder bemerken konnte, mussten sie sich schleunigst aus dem Staub machen!
Zunächst wollten sich die zwei Kinder bis zum Einbruch der Dämmerung verstecken, denn all die vielen Touristen würden bei dem, was die beiden vorhatten, nur stören.
Dass sie mit Einbruch der Dunkelheit wieder ganz allein auf der Burg sein würden, davor hatten sie nun keine Angst mehr. Schließlich hatten beide hier schon fast unglaubliche Dinge erlebt.

„Sieh mal, Fine, dort unten links, steht eine Tür offen. Ich glaube, das ist das Brunnenhaus. Lass uns dort zunächst bis zum Abend ein Versteck suchen!" Kevin fasste Fine an der Hand und zog sie in Richtung Brunnenhaus.

Drinnen, gleich hinter der Eingangstür, war er. Der Brunnen. Damit kein Burgbesucher in den tiefen Brunnen fallen konnte, war dieser mit einem Metallgitter abgedeckt. Ebenfalls war ein Metallgitter als Sperrzaun vor der Brunnenöffnung aufgestellt.
Da war eine dunkle Tür hinter dem Brunnen. Diese Tür fiel durch einen im Oberteil sichtbaren, achtzackigen Stern in Kevins Auge.
„Wir müssen über die Absperrung klettern und versuchen, durch diese Tür mit dem Stern zu kommen! Die Touristen und Ausflügler halten sich an die Vorschriften. Die klettern nicht hinter Absperrungen. Da sind wir allein und erst einmal sicher." Kevin schaute wieder mit wichtiger Miene durch seine Brille.
„Denn solange hier auf der Burg so ein Gedrängel stattfindet, wird sich unser Freund Griebs nicht zeigen. Und wenn es dann düster wird und wir allein sind, gehen wir dann zum Pferdestall rüber. Ich bin mir ganz sicher: Das ist der Treffpunkt!"
Fine nickte geduldig mit dem Kopf. Kevin war jetzt der Anführer.

Endlich. Es wurde dunkel. Auf dem Burghof war es inzwischen menschenleer. Nachdem die Mitarbeiter des Burgmuseums alle möglichen Türen und Tore zu verschließen begannen, gab Kevin den Befehl, das Versteck am Brunnen zu verlassen. Ein Blick nach links, einer nach vorn und dann nach rechts. „Die Luft ist rein, lass uns das Versteck verlassen. Wir wechseln das Revier!" Erst kletterte Kevin und danach Fine zurück über die Absperrung. Dann schlichen sich die beiden hinüber zum Pferdestall. Das Tor war einen Spalt offen und ein spärlicher Lichtstrahl drang nach außen. Die Kinder drängten sich durch den schmalen Türspalt. Fine hielt den Finger vor dem Mund. „Pssst, da ist noch jemand im Stall!"
Der Stall war nur mit einer alten Funzel schwach beleuchtet. In der rechten, hinteren Ecke stand ein mit einer Rüstung teilweise gepanzertes Pferd. Ein alter Mann mit weißem langem Haar und einem ebenso langem weißem Bart putzte an der Rüstung des Pferdes herum. Er trug einen Strohhut und brabbelte irgendetwas vor sich hin. Kevin und Fine standen noch hinter einer Säule versteckt und spürten vor Aufregung jeden Herzschlag.
Der Alte drehte sich herum und rief in die Richtung, in welcher sich die Kinder versteckten: „Kommt nur her, ihr braucht euch nicht zu fürchten!" Seine Stimme klang etwas komisch. Als verstellte er sich. Kevin vorne, Fine hinterher, näherten sie sich dem Alten in kleinen Schritten.
„Habt ihr etwa Angst vor einem alten Mann?", fragte der Alte. „Ich bin hier der Stallknecht. Leider haben wir nur noch dieses eine Pferd. Es heißt Pegasus. Manche behaupten, es könne sogar fliegen. So ein Quatsch auch!" Der Alte lachte heiser und wieder klang es unheimlich.
„Aber bestimmt wollt ihr beiden einfach mal auf unserem Pegasus probesitzen? Schließlich dürfen das die vielen Touristen, die hier täglich für Unruhe sorgen, nicht einfach so. Für euch würde ich einmal eine Ausnahme machen. Aber ich sehe schon... Ihr habt Angst vor unserem Pegasus. Oder?"
Angst. Das wollte Kevin nicht auf sich sitzen lassen. Dieses mit glänzendem Blech gepanzerte Pferd bewegte sich nicht und sah eher aus wie ein ausgestopftes Plüschtier.
„Von wegen Angst", widersprach Kevin. Fine lachte dazu übermütig, sodass jeder merken konnte, dass es kein echtes Lachen war.
„Du alter Mann hast aber bestimmt nicht die Kraft, uns beide auf das Pferd zu heben, oder?"
Jetzt hatte Kevin den Alten provoziert.
„Das lass ich mir nicht zweimal sagen. Kommt her, ihr Rotzgören!" Die Augen des Alten funkelten wild.

Hast du das eben gehört, Kevin? Er hat uns ‚Rotzgören' genannt." „Ja", sagte Kevin, „er drückt sich nicht gerade höflich aus."
„Und kinderlieb ist dieser alte Mann erst!", ergänzte Fine.
„Am besten wäre es wohl, wir suchen das Weite. Oder was sagst du, Fine?" Kevin hatte den Satz noch nicht ganz beendet, da krachte die schwere Stalltür hinter ihnen ins Schloss. Der Alte griff sich mit beinahe außergewöhnlicher Kraft der Reihe nach erst Kevin und dann Fine. Noch ehe sie richtig zur Besinnung kamen, saßen sie alle zwei auf dem Pferderükken, Kevin im Sattel und Fine auf Kevins Schoß. Der Alte fing wieder an so spöttisch zu lachen und hüpfte wie Rumpelstilzchen um das Pferd herum. Den Kindern war unheimlich zumute. Sie wollten vom Pferd wieder herunter springen, aber irgendetwas hielt sie fest. Jetzt murmelte der Alte einen Spruch vor sich hin und rieb sich dabei die Hände. Es klang, als brummelte er: „Pegasus, flieg wie der Wind. Nimm die Gören mit geschwind! Ich will sie bei den Drachen sehn. Ach, wie ist die Rache schön..."

Wie bei einem Silvesterfeuerwerk blitzte und krachte es furchtbar. Tausende Lichtblitze blendeten wie bei einer riesigen Explosion in grellen Farben. Dann stieg so viel Nebel auf, dass nichts mehr zu erkennen war.
Das Pferd fing an, sich wie wild zu schütteln und es schien, als bekäme es Flügel. Es stampfte mit den Hufen und stieß dabei ein riesiges Loch in die Stallmauer. Mauersteine flogen durch die Luft und das Pferd erhob sich wiehernd. Auf dem Rücken Kevin und Fine, die sich voller Angst gegenseitig festhielten. Kevin schaute noch einmal zurück, und... und traute kaum seinen Augen.
Es verschlug den Kindern den Atem.
Aus dem alten Stallknecht war inzwischen eine furchtbare Gestalt geworden. So wie die beiden ihn schon einmal vor einiger Zeit zu sehen bekamen.
Ihn. Den wahrhaftigen Hässlon. Den furchtbaren Zauberer Hässlon mit den rotglühenden Augen.

Dass wir da nicht eher drauf gekommen sind, wollte Kevin sagen. Aber er bekam kein Wort über seine Lippen. Es gelang ihm nicht, zu sprechen. So schnell flog das Pferd mit den Kindern zum dunklen Nachthimmel hinauf. Hinauf nach Nirgendwo.

Fine blinzelte, gähnte und streckte sich im Stroh. Ein Stück weiter lag Kevin auf der Seite. Er schien zu schlafen. Sonnenstrahlen trafen durch die schmalen Fensterschlitze auf die Gesichter der Kinder. Ein paar Meter weiter rechts stand das Pferd Pegasus. Allerdings schien es ganz friedlich, lebendig und ohne Flügel im Stall zu stehen. Es schniefte mehrfach laut, so dass davon auch Kevin aufwachte.
„Fine, bist du das? Hörst du mich?" Kevin setzte sich ins Stroh und griff nach seinem Rucksack.
„Hier bin ich, Kevin! Sieh mal, das Pferd ist ganz brav. Es lässt sich sogar streicheln." Fine stand inzwischen neben dem Pferd, als wäre zu dieser Zeit nichts selbstverständlicher.
„Glaubst du, dass es dieses Pegasus-Pferd von gestern ist?" Fine streckte dem Pferd etwas Heu hin. „Weißt du, Fine, ich glaube schon an Märchen. Und wenn ich es nicht geträumt habe, dann hatte ich im letzten Moment die Fratze von Hässlon erkannt."
„Wir müssen uns unbedingt bei Frau Pinglich melden. Schließlich waren wir die ganze Nacht fort." Fine tat besorgt.
Weit sind wir ja nicht gekommen, dachte Kevin, der in seinem Rucksack wühlte und sein Handy suchte. Er fand aber keins.

Die Kinder erschraken. Plötzlich öffnete jemand die Stalltür. Ein junger Bursche betrat den Stall. Er schob einen Holzkarren, wahrscheinlich voller Futter für das Pferd. Angezogen war er wie ein Bauernjunge aus dem Mittelalter. Nach dem Burschen betrat ein großer, kräftiger Mann mit Vollbart und einer Lederschürze den Stall.

„Wenn du das Pferd gefüttert hast, dann bringe es mir rüber in die Schmiede", sprach er zu dem Burschen.

Aha, das sollte also ein Schmied sein? Na klar, so groß und stark, wie der es war. Und alle Leute waren genial gekleidet. Wie in alten Filmen. Draußen auf dem Hof, liefen zwei Frauen vorbei. Mit langen mittelalterlichen Gewändern und Schürzen. Sie trugen einen Holzbottich in Richtung des Brunnenhauses. Überhaupt, alles bewegte sich hier ziemlich geordnet und normal.

Ob die sich hier auf ein mittelalterliches Spektakel vorbereiteten? Na ja, solche Veranstaltungen, die ein Stück Geschichte und Vergangenheit zurückholen sollen werden doch heutzutage überall auf den Burgen und Schlössern durchgeführt.

Kevin grübelte, grübelte und grübelte nochmals.

„Hallo, du! Ist das nicht das Pferd vom Ritter Griebs?" Kevin hatte sich getraut, den Stallburschen zu fragen. Diesem fuhr ein gewaltiger Schreck durch die Knochen, als er die beiden Kinder im Stroh entdeckte.

„Bim-Bam-Boriam! Du heiliger Strohsack! Wer liegt denn da im Stroh? Wer seid ihr, was treibt ihr hier und wie seid ihr seltsam gekleidet? Und woher kennt ihr den Namen unseres Burgherren?"

So allmählich hatten Kevin und Fine angefangen zu begreifen. Der nächtliche Flug mit Pegasus, der Alte hier im Stall. Es war eine böse Falle.

Es war klar. Hier musste Hässlon dahinter stecken.

„Fine, jetzt begreife ich so langsam. Alles fing mit der Flaschenpost an. Hässlon hatte von Anfang an seine Hände im Spiel. Der Pergamentbrief. Alles geschickt eingefädelt.

Hässlon hat uns ins Mittelalter befördert. Mit diesem Flügelpferd. Und der Alte mit dem weisen Bart war Hässlon höchstpersönlich."

Der Stallbursche wurde hellhörig. „Habt ihr da gerade Hässlon gesagt? Kennt ihr wirklich diesen Unhold, dieses böse Gespenst, diesen gefährlichsten aller Zauberer? Kennt ihr wirklich Hässlon?"

„Ja, wir kennen ihn." Kevin und Fine kamen nicht umhin, dem Stallburschen – der übrigens Johannes genannt wurde – die gesamte Geschichte zu erzählen. Die Geschichte, als Griebs, Kriebhilde und der Knappe Hugo noch als von Hässlon verwunschene Geister ihr Dasein in der Neuzeit fristeten. „Neuzeit? Was soll das sein?", fragte Johannes.

„Dies alles zu erklären, würde jetzt wirklich zu weit führen", antwortete Fine. Sie wühlte schon eine ganze Weile in ihrem Rucksack. „Mein Handy ist verschwunden!" Fine sah erschrocken zu Kevin. „Meines ist auch weg", meinte Kevin dazu.

„Willkommen im Mittelalter", sprach Fine mit einer Träne in den Augen. Halb lächelnd und halb weinend.

„Nun sind wir hier. Es sieht hier fast alles genau so aus wie immer. Nur die Leute hier sehen etwas anders aus. Die Frisuren und die Klamotten sind schon etwas eigenartig."

Kevin fragte nochmals: „Wo ist eigentlich Ritter Dietrich Griebs?"

Johannes strich sich das Haar aus dem Gesicht. „Nun, er bereist seine Ländereien. Er ist unterwegs bei den Bauern, weit um die Burg herum. Er will sich vom Fleiß und der Treue

seiner Untertanen überzeugen. Schließlich muss er seinem König darüber Bericht erstatten. Allerdings erwarten wir jeden Moment, dass der Ritter mit seinem Gefolge hier auf der Burg eintreffen wird, denn ein erneutes Unglück steht unmittelbar bevor.
Zum einhundertsten Mal hat der berüchtigte Zauberer Hässlon gedroht, diese, unsere Burg zu erobern. Und wie wir erfahren konnten, hat sich Hässlon dazu eigens mit den zwei Riesendrachen Waldasar und Waldasara verbündet." Johannes wurde beim Erzählen immer aufgeregter.
Kevin ebenso. Er schien inzwischen fast alles um sich herum vergessen zu haben. Auch dass es logischerweise im Mittelalter keine Handys gab. Aber das schien jetzt nicht mehr so wichtig zu sein. Er sah große Abenteuer auf sich zu kommen. In seiner Fantasie sah er sich im heldenhaften Kampf beim Besiegen der Drachen.
„Also, wie hießen diese beiden... äh.... Drachen gleich noch mal?"
„Waldasar und Waldasara", brummte eine tiefe Stimme aus dem Hintergrund. Der Schmied, der schon eine ganze Weile im hinteren Teil des Stalles stand und zugehört hatte, trat zu Kevin, Fine und Johannes.
Er hatte die ganze Geschichte mitgehört. Er versuchte, sich ein Bild von Kevin und Fine zu machen, auch wenn er mit vielen Dingen aus dem Gespräch nichts anfangen konnte. Auf alle Fälle hatte er auch verstanden, dass sein Herr, der Ritter Griebs, den beiden viel zu verdanken hatte. Und wer der Freund von Griebs war, der war auch im Kreise der anderen Burgbewohner willkommen. Er sprach weiter: „Waldasar und Waldasara sind zwei uralte, riesengroße Drachen. Sie hausen in einer großen Höhle in einem der vielen Berge um die Stadt Waldheim herum. Vielleicht einen Vierteltag Fußmarsch von der Burg entfernt. Es gibt einige Mutige, die sich bis weit an die Höhle der Drachen herangewagt haben. Angeblich sind die beiden auf Grund ihres hohen Alters nicht mehr ganz so gefährlich. Sie seien schwerhörig, sagt man, und fliegen könnten sie auch nicht mehr weit. Beide können sich nicht mehr viel merken. Nach drei Minuten hätten sie fast alles wieder vergessen, was sie eben erst gehört hatten.
Allerdings können sie immer noch kräftig Feuer speien und somit ganze Wälder, Felder und sogar Dörfer in Brand setzen.
Aber lasst uns abwarten, was unser Ritter Griebs befielt. Er ist klug und hat sicher schon einen Plan, wie er unsere Burg verteidigen kann. Aber eigentlich müsste der Ritter längst hier sein."
Der Schmied machte ein nachdenkliches Gesicht.
Mittlerweile hatten sich noch einige neugierige Burgbewohner im Pferdestall zu den Anwesenden dazu gesellt.
„Es wird doch wohl nichts Schlimmes mit unserem Herrn passiert sein?", fragte die Köchin ängstlich den Burgkoch.
Da kam eilig ein Wachmann über den Burghof gelaufen.

„Ein Brief, ein Brief!", rief der Wachmann. „Die Brieftaube Dora hat uns soeben einen Brief von unserem Ritter Griebs gebracht!" Dem Wachmann klappte vor Schreck das Visier seines Helms vors Gesicht. Er stolperte und stürzte direkt in den Pferdestall. Hinter seinem Visier rief er, wenn jetzt auch mit gedämpfter Stimme und auf dem Bauch liegend: „Ein Brief von Dora. Griebs hat ihn im Schnabel..."Obwohl alle aufgeregt waren, mussten alle tüchtig über den verwirrten Wachmann lachen. So wie er im Pferdestall lag, mit heruntergeklapptem Visier.

„Gib her, gib mir schon den Brief. Ich bin hier der oberste Stellvertreter des Ritters, wenn er nicht hier ist." Ein älterer Mönch mit brauner Kutte und Kapuze stand plötzlich unter

den zusammengelaufenen Burgbewohnern. Seine Augen konnte man unter den Rändern der Kapuze nicht erkennen. Auffällig war sein langer weiser Bart.
Er griff sich den Brief vom Wachmann und steckte diesen unter seine Kutte. „Ich werde den Brief lesen und euch anschließend über den Inhalt benachrichtigen.“ Mit diesen Worten machte sich der Mönch aus dem Staub und ging in die Richtung der Kapelle.

„Mir ist der Kerl nicht ganz geheuer. Oder, was meinst du, Fine?“ „Ich kann mir nicht helfen, aber irgendwie erinnert mich der weise Bart an den Alten, der uns gestern ins Mittelalter befördert hatte.“ „Jetzt, Fine, wo du es sagst, kommt mir das auch so vor.
Wir werden ihn einfach beobachten.“
„Na dann, schnell hinterher. Bevor er sich unsichtbar macht.“ Fine war etwas nervös. „Jetzt ist er die Treppe hinauf gegangen. Bestimmt will er in die Kapelle.“
Kevin versuchte, ruhig zu bleiben. „Nun ja, dass ein Mönch ab und zu eine Kapelle aufsucht, ist ja nicht verdächtig, sondern eher normal. Aber du hast Recht. Trotzdem hinterher!“
Kevin und Fine stolperten die Treppe neben dem großen Torhaus hinauf und nahmen die Kurve nach links, Richtung Gotischer Saal. Und von dort sahen sie dann hinunter...
...zur Kapelle. Sie blieben an den obersten Stufen stehen, welche zur Kapelle hinunter führten, und versteckten sich. Doch was tat der Mönch da unten in der Kapelle?
Er holte den Brief aus der Kutte, las ihn und zerriss ihn anschließend in mehrere kleine Schnipsel. Dann griff er sich ein neues Stück Pergament, schrieb irgendetwas darauf und steckte es wieder unter seine Kutte. Dann kniete er sich in der Mitte der Kapelle vor eine Wandmalerei und murmelte irgendwelche Sprüche in seine Kutte.
Auf dem Bild, vor dem er kniete, war ein Ritter, der mit einem gewaltigen Drachen kämpfte.
Die Kinder konnten nicht viel verstehen. Nur so etwas wie „Beschwöre ich euch, meine Drachen... hat Griebs nichts mehr zu lachen... und ich kann schwören... erst recht nicht diese Gören...“. Und dann hielt er seine Hände über den Drachenkopf, so wie Priester ihre Hände oft halten.
Ohne Luft zu holen, schlichen sich Kevin und Fine langsam wieder nach hinten weg.
„Was war das denn eben? Ein Gebet oder ein Zauberspruch?“ Fine überlegte.
„Wie kommst du denn auf Zauberspruch? Bloß weil der Mönch so einen langen weisen Bart hat?“ Diese Schlussfolgerung schien Kevin zu einfach zu sein. Aber auch er war misstrauisch, denn da war ja noch die zerrissene Nachricht, die der Mönch durch einen selbst geschriebenen Brief ersetzt hatte. Das wollte Fine auch gerade bemerken. Zwei gleiche Gedanken. Das nennt man Telepathie, Gedankenübertragung.
Weiter konnten die Kinder allerdings nicht über ihre Vermutungen reden, denn plötzlich stand der Mönch, wie aus dem Boden herausgewachsen, leibhaftig vor ihnen.
Erschrocken sahen Kevin und Fine in das fast nicht sichtbare Gesicht der Kapuzenfigur.
„Habt ihr mir etwa hinterher spioniert? So etwas gehört sich nicht. Sicher habt ihr eine schlechte Kinderstube. Aber was soll ich mich aufregen?
Ach, beinahe hätte ich es vergessen. Der Brief von Ritter Griebs. Ihr werdet seine Schrift sicher nicht lesen können. Ich werde euch sagen, was er geschrieben hat:

‚Meine Freunde !
Hoffentlich hat es die Brieftaube mit der Nachricht bis auf Burg Kriebstein geschafft.
Leider bin ich zur Zeit mit all meinem Gefolge in Gefangenschaft und in Gefahr.
Vertraut den Mönch Franzius. Befolgt seinen Rat. Nur so könnt ihr uns helfen.
Hoheitlich und kämpferisch grüßt Ritter Dietrich Griebs von Kriebstein.‘

Nun, überzeugt euch selber." Der Mönch hielt den beiden das Pergament vors Gesicht und sprach weiter: „Wie ich in Erfahrung bringen konnte, wird euer Freund, Ritter Griebs, mit seinem Gefolge in einer Höhle gefangen gehalten. Hinter der Stadt Waldheim, im siebten von vielen Bergen, suchte er bei einem starken Unwetter Schutz und Unterschlupf. Als er mit seinen Leuten dort eine tiefe Höhle betreten hatte, stürzten von oben, vom Berg herab, unzählige Felsbrocken herunter. Diese vielen großen Steine haben den einzig bekannten Zugang zur Höhle verschüttet. Es gibt für Griebs und seine Freunde kein Entkommen.
Außer..." Der Mönch lies zum ersten Mal seine Augen unter der Kapuze etwas geheimnisvoll hervor blicken. „Außer man kennt mich! Denn nur ich kenne zur Höhle im besagten siebten Berg bei Waldheim einen zweiten, geheimen Zugang.
Leider kann ich aber selbst nicht von hier fort, da ich den Ritter vertreten muss. Darum bitte ich euch, zum geheimen zweiten Zugang zu gehen und den Ritter samt seiner Leute durch eben diesen Geheimgang zu befreien."
Der Kapuzenmönch zog ein Stück Pergament aus seiner Kutte und tat sehr geheimnisvoll. „Hier habe ich eine Karte von der Gegend. Darauf ist der betreffende Berg und genauestens auch der geheime Zugang zur Höhle eingezeichnet. Nun ja, es ist nicht gerade ein gewöhnlicher Gang, es ist eher eine Röhre. Ein röhrenähnlicher Schacht, der vom Berg oben in die Höhle hinabführt. Ich empfehle euch eine lange Strickleiter mitzunehmen. An der könnt ihr hinabklettern, und anschließend kann die gesamte Meute an der Strickleiter wieder nach oben in die Freiheit kraxeln. Außer die Pferde natürlich..." Das klang zuletzt wieder so, als ob sich der Mönch über irgendetwas lustig zu machen schien.
„Ach, und denkt daran, dass die lange Strickleiter sehr schwer werden könnte, bis zum siebten Berg. An eurer Stelle würde ich einen Esel mitnehmen. Die Pferde sind ja, außer meinem, alle unterwegs.
Auf der Karte ist der siebte Berg nahe Waldheim eingezeichnet. Dort, wo eine Sieben steht, findet ihr eine große Gesteinsplatte. Auf dieser ist wiederum die Zahl sieben eingemeißelt. Ihr braucht dann nur noch mit ein wenig Kraft und etwas Glück die Steinplatte beiseite zu schieben. Dann die Strickleiter hinein und immer hinunter, hinunter, und dann werdet ihr staunen..."
Kevin sah Fine unsicher an. Fine schien sich auch nicht gerade für den Plan des Kapuzenmönchs zu begeistern. Aber wenn Griebs mit seinen Leuten doch in Gefahr sein sollte? Sicher muss die Besatzung der Burg „an Bord" bleiben. Allen war inzwischen klar, dass ein Angriff durch den Zauberer Hässlon jederzeit erfolgen konnte. Und da werden auf der Burg alle Männer und Frauen gebraucht.

Also nahmen sich Kevin und Fine einen Esel, packten ihre Rucksäcke und eine extralange Strickleiter darauf fest, und machten sich auf den Weg. Kevin hatte vorher nochmals die Karte studiert, welche ziemlich echt wirkte.
Nachdem sie nun schon einige Stunden durch den dichten Wald, über sechs Berge gelaufen waren, kamen sie endlich am berüchtigten siebten Berg an. So einfach war dieser Berg nicht als der siebte zu erkennen, denn es gibt um die kleine Stadt Waldheim herum noch einige Berge mehr.
Kevin probierte mit Hilfe einer Haselrute, die er in einem bestimmten Winkel zur Sonne in die Erde steckte, die Uhrzeit zu bestimmen. Seine Digitaluhr war ja, seit sie sich im Mittelalter befanden – genau wie das Handy und der Fotoapparat – einfach nicht mehr da. Nicht einmal die Taschenlampe war ihm geblieben.

„Wir müssen uns beeilen. Die Sonne verschwindet gleich hinter den Bergen. Also, lass uns den Rest des Weges, den siebten Berg erklimmen. Den Esel binden wir hier unten fest. Auf dem holprigen Weg da hinauf würde er sich sonst noch die Beine brechen. Ich schleppe die Strickleiter. Wenn du es schaffst, Fine, dann nimm bitte unsere Rucksäcke mit", sprach Kevin.
Die Sonne war bereits unter- und die Mondsichel schon aufgegangen, als beide den siebten Berg erklommen hatten. Nun mussten beide nur noch die Steinplatte mit der Sieben finden. Das schwache Mondlicht half bei der Suche eher nicht.
Beide irrten kreuz und quer durch das Unterholz auf dem Berg, dort wo die Sieben auf der Karte eingezeichnet war. Als die Kinder schon nicht mehr daran glaubten, die Steinplatte zu finden, stolperte Fine plötzlich. Beinahe wäre sie mit dem Kopf auf etwas Steinhartem aufgeschlagen.
Da sah sie die gesuchte Sieben geradewegs vor ihren Augen.
„Ich hab sie, ich hab sie! Der Mönch hat nicht gelogen! Sieh doch her, Glück im Unglück! Beinahe hätte ich mir auf der verflixten Sieben die Nase gebrochen", freute sich Fine.
„Du hast die Steinplatte gefunden!" rief Kevin nun auch aufgeregt. „Jetzt müssen wir nur noch einen dicken Ast von der Eiche da drüben abbrechen und dann... wirst du sehen... was ich in der Schule schon gelernt habe. Theorie in die Praxis umsetzen, nennt man das. Nur mit den bloßen Händen würden wir die Gesteinsplatte niemals einen Zentimeter vom Fleck rücken.
Aber der Ast hier wirkt wie ein Hebel. Den stecken wir dort in den Erdspalt unter der Platte und dann drücken und rütteln wir am anderen Ende des Astes so lange herum, bis sich die Platte bewegt.
Also, keine lange Vorrede! Angepackt, und Hau-Ruck, Hau-Ruck, und noch mal...
Siehst du, Fine, die Platte bewegt sich. Sesam öffne dich!", alberte Kevin. Beide waren ins Schwitzen geraten, aber die Felsplatte lag nun endlich neben einem etwas größeren Erdloch. So breit, dass man zumindest hineinklettern könnte. Wie ein riesengroßes Mauseloch. Die beiden knieten sich an den Rand der Erdöffnung und schauten vorsichtig hinunter, in die dunkle Röhre, ins Ungewisse. Kevin befestigte die Strickleiter an der dicken Eiche, die neben der unheimlichen Höhlenröhre stand, und ließ diese Stück für Stück hinunter.
Irgendwann zuckte es von ganz unten an der Strickleiter.
„Merkst du das auch? Das wird ganz sicher der Ritter sein. Er will uns bestimmt ein Zeichen geben!"
„Na toll", meinte Fine, „dann lass uns hinunter steigen. Das sieht ja eher wie die Öffnung eines Vulkanes aus als ein Höhleneingang." „Vielleicht war das ja ganz, ganz früher mal ein Vulkan?", überlegte Kevin.
„Nun lass uns hinab steigen", gab Kevin das Kommando. Dabei sollte seine Stimme klar und mutig klingen. Klang sie aber nicht. Jetzt, als sie beide schon etwa fünf Meter hinabgeklettert waren, kamen bei Kevin vor Aufregung auch noch Bauchschmerzen hinzu. Nein, es war keine Aufregung. Es war Angst.
Je tiefer die beiden Kinder in der Höhlenröhre hinunterstiegen, umso knapper wurde die Luft zum Atmen. Aber es gab auch etwas Hoffnung. Mit jedem Stück, das die zwei nach unten brachte, wurde es am fernen, unteren Ende etwas heller. Ja, tatsächlich schien es, als stieg man einem großen Feuer entgegen. Auch wurde es immer wärmer. Und was konnten das für seltsame Geräusche sein, da unten?
„Das hört sich aber nicht an wie die Stimme von Ritter Griebs", rief Kevin zu Fine.
„Jetzt, wo du das sagst, höre ich es auch", meldete sich Fine zurück.

„Hoffentlich haben wir keinen Fehler gemacht! Zum Umkehren ist es bestimmt zu spääääh... äääh... ääääht!" Ein Ruck, ein Zuck, und beide sausten mit samt der Strickleiter den Rest der Höhlenröhre nach unten.
Jemand musste oben die Strickleiter abgeschnitten haben.

Diese Erkenntnis kam zu spät.
Nachdem den zwei Kindern schwarz vor Augen wurde und ehe sie wieder zur Besinnung kamen, fanden sie sich in einem riesengroßen Käfig wieder. Der sah so aus wie ein übergroßer Papageienkäfig. Nur die Gitterstangen waren so dick wie die eines Löwenkäfigs im Zirkus.
Fürchterliches Geschrei und unerträgliche Hitze ließ die beiden nicht ahnen, wo sie gerade hingeraten waren. Fine glaubte, in irgendeinem Film, den sie einmal gesehen hatte, sah so die Hölle aus.
Sie beide, Kevin und Fine, saßen auf den Holzstangen eines überdimensionalen Papageienkäfigs und vor der verschlossenen Käfigtür lungerten zwei riesengroße Geschöpfe herum. Sie sahen aus wie eine Mischung aus verschiedenen, gruseligen Kreaturen. Vergleichbare, schreckliche Gestalten hatten die Kinder bisher nicht einmal in der Geisterbahn auf dem Rummelplatz gesehen.
Die Köpfe der Gestalten ähnelten denen einer Schlange. Ihre Körper glichen denen riesengroßer Eidechsen. Riesenechsen mit Flügeln, an denen sich außen Krallen befanden. Pfoten hatten sie, und Füße mit ebensolchen scharfen Fangkrallen, wie sie große Raubvögel hatten. Vom Kopf bis zum Schwanzende war ein langer Kamm mit sägezahnähnlichen Zacken. Die Zungen, welche beide ständig aus den Mäulern mit spitzen Zähnen herausstreckten, waren an den Spitzen gespalten.

Das waren sie also. Das mussten sie sein.
Die gefürchteten Drachen. Das waren wirklich Waldasar und Waldasara. So sahen also echte Drachen aus. So groß wie Elefanten. Grün, braun, blau und violett gefärbt.
Ihre Atemgeräusche glichen dem Zischen und Pfeifen einer alten Dampflokomotive. Aus den Nasenlöchern, die so groß waren wie Kokosnüsse, stießen in Abständen dichte Wolken aus heißem Dampf.
Kevin und Fine saßen noch immer schockiert im Riesenvogelkäfig. Es war klar: Zum wiederholten Mal waren sie in Hässlons Falle getappt.
Aber was wollte Hässlon damit bezwecken?

„Na, meine Kleinen", kreischte die Drachenfrau nach einer Weile. „Seid ihr Hasen, Hamster oder etwa Vögel? Wir hatten seit Ewigkeiten keinen Besuch mehr in unserer Höhle. Und nun seid ihr einfach so hier herein gekommen. Und das freiwillig? So etwas gab es ja noch nie.
Ich denke, ihr seid Piepmätze. Und wenn ich das so will, dann ist es auch so. Verstanden?"
Fine glaubte in dem Geschöpf, von dem sie angesprochen worden war, die Drachenfrau zu erkennen.
Das würde ihr bestimmt niemand glauben! Aber sie, Fine, hat es gleich gesehen. Die Drachenfrau hatte ihre scharfen Krallen an den Pfoten rot lackiert. Das klingt wie ein Witz.
Und noch etwas: Die Drachenfrau schien wahrhaftig ganz schön verwirrt zu sein. Und während Fine nachdachte, kam es auch schon zu einem heftigen Streit zwischen Wadasara und Waldasar.
„Du leidest zunehmend an Altersdummheit und schwerhörig bist du auch, du altes Rep-

til! In dem Käfig befindet sich ganz stinknormales Drachenfutter. Und beim Fressen wird nicht gejodelt und gezwitschert. Verstanden, Alte?"
Waldasar leckte sich mit der meterlangen Zunge ums Maul und schmatzte dabei unappetitlich. „Ich würde die beiden noch eine Weile zappeln lassen. Vielleicht zwitschern sie ja doch noch ein schönes Lied?" widersprach die Drachenfrau.
„Jetzt verdecken wir den Käfig erst einmal mit ein paar alten Säcken. Das hat Hässlon so befohlen. Er wird dann sicher zu uns kommen und er will, dass er von den Gören nicht gesehen wird", hörte man den Drachenmann mit kreischender Stimme.

Es klang wie die quietschenden Reifen bei der Vollbremsung eines Rennautos. So nervende Stimmen kann ja auf Dauer niemand ertragen, dachte sich Kevin.
Aber wiederum hat es seine Vorteile, dass die beiden alten Steinzeitdrachen so schwerhörig sind. Und vielleicht ist es auch ganz gut, dass sie dadurch so laut reden müssen. Wenn es auch weh tut in den Ohren. Aber durch die Lautstärke ihrer Gespräche konnte man, auch wenn man sie nicht sieht, gut hören. Ja, alles hat seine zwei Seiten, dachte sich Kevin.
In diesen Moment blitze und donnerte es wieder aus der großen Höhlenröhre heraus. Mit Getöse erschien eine dunkle Gestalt in der Höhle. Obwohl Kevin und Fine nur den Schatten durch die Käfigabdeckung hindurch sehen konnten, erkannten sie in dem Ankömmling den Mönch.

„Na meine beiden herrlichen Lieblingsriesenechsen? Erkennt ihr mich in meinen Kapuzen-Outfit? Mich, den König aller Zauberer, den Herrscher des Bösen, euren Freund, den leibhaftigen Hässlon! Verdammt, beinahe hätte ich vergessen, mich umzuziehen!"
Der Mönch schnipste mit den Fingern. Eine Rauchwolke stieg empor und schon stand er da, in voller Pracht. Kevin konnte durch einen winzigen Spalt durch die Käfigabdeckung hindurch sehen. So hatte er ihn schon einmal gesehen. Live und ungeschminkt. Eben rundherum hässlich.
Genau so hatte sich Kevin alles vorgestellt: Hässlon musste sehr laut sprechen, da die Drachen so schwer hörten.
„Also, meine Lieben! Das da im Käfig ist nicht euer Futter, sondern eine höchst wertvolle Handelsware. Das werdet ihr alten Trottel sicher nicht verstehen, aber ich will, dass den beiden Gören kein Haar gekrümmt wird. Ich sage es euch noch genauer: Ihr sollt die zwei beschützen!
Wir behalten sie sozusagen als Geiseln hier. Damit habe ich einen Trumpf in der Hand. Ich werde damit dem Ritter Griebs einen Handel anbieten. Ach, was sage ich da. Nicht etwa einfach so einen gewöhnlichen Verkauf." Hässlon fing dabei an, furchtbar hämisch zu lachen. „Nein, nicht einfach so... Ich werde Griebs damit erpressen. Wie ihr wisst, weiß ich alles. Hä, hä, hä...
Und so weiß ich, dass der Ritter die beiden Kinder über alles gern hat. Ja, richtige Freunde scheinen das zu sein. Und da der Ritter ein sehr weiches, ach zu gutes Herz hat... wird er butterweich auf mein Angebot eingehen. Schließlich hab ich die zwei Rotzgören nicht umsonst hierher gehext.
Ich werde Griebs die Kinder anbieten und als Gegenleistung wird er mir die Burg Kriebstein mit allen Drum und Dran kampflos übergeben. Wenn er dennoch Schwierigkeiten machen sollte, was ich allerdings stark bezweifele, dann habe ich ja immer noch euch, meine beiden Feuerspucker.
Hä, hä, hä... Ihr alten Brandstifter, ihr meine riesigen Feuersalamander, hä, hä, hä. Wie schon gesagt, sollte es Schwierigkeiten mit Griebs geben, dann spuckt ihr Feuer, bis die

ganze Burg abgefackelt ist. Habt ihr das verstanden? Spreche ich laut genug? Antwortet gefälligst!"
Hässlon schien in seinem Element zu sein. „Jawohl, großer Zauberer, wir haben verstanden", antworteten die beiden Riesendrachen brav und gehorsam.
„Übrigens werdet ihr die Burg auch im Ernstfall nicht anbrennen müssen. Ein wenig heiße Luft, so denke ich, wird genügen. Dann werden alle fluchtartig die Burg verlassen. Die Tore wären dann offen, und wir? Wir werden mit erhobenem Haupt in die Burg hinein stolzieren und den Flüchtlingen hinterher gucken. Bin ich nicht genial? Sagt schon! Wer ist hier der Größte? Na, wird's bald?"
Die Drachen antworteten wieder brav: „Jawohl, du bist der Größte, Hässlon. Du bist ein Genie!" „Das habt ihr gut gesagt", gab sich Hässlon zufrieden. „Wenn ihr eure Sache brav verrichtet, werde ich in Erwägung ziehen, euch als Wächter mit auf der Burg einzuquartieren. Im Übrigen könntet ihr im Winter für angenehme Wärme sorgen. Das hättet ihr nicht gedacht, oder? Ihr zwei Urzeitdinos! Also seid in Zukunft dankbar! Was wärt ihr ohne euren Freund Hässlon? " „Danke, danke ! Vielen Dank, lieber Hässlon!", schmeichelten die Drachen wieder.
Doch Hässlon wechselte urplötzlich seine Stimmung. Er schaute augenblicklich wieder böse und voller Wut zu den Drachen. „Papperlapapp. Ich bin nicht der liebe Hässlon. Ich bin der schreckliche Hässlon. Angst und Schrecken soll herrschen, dort wo ich auftauche!"
„Zu Befehl, du bist schrecklich und böse," sprach der Drachenmann, sich fast entschuldigend.
„Wo ist dreckiges Getöse?", fragte die Drachenfrau, die wieder mal überhaupt nichts richtig gehört und noch weniger verstanden hatte. Und schon wurde sie für ihre Bemerkung wieder von ihrem Waldasar zusammengestaucht.
Hässlon verschaffte sich noch einmal das Wort: „Lasst die Kinder nichts von unserem Plan wissen, denn sie sind unberechenbar mit ihrer Schläue. Ich melde mich in drei Tagen wieder hier. Dann werden wir uns mit dem Käfig gemeinsam zur Burg begeben."
Mit diesen Worten und dem üblichen Blitz und Donner verschwand Hässlon, so wie er aufgetaucht war.

Nun war ja alles klar. Kevin und Fine hatten alles bestens mithören können.
Aber was konnten sie jetzt tun? Hier in der Höhle, und noch dazu in einem Käfig. Kevin saß auf der Käfigstange und grübelte und grübelte.
Die Drachenfrau Waldasara lag gelangweilt vor dem Käfig, auf dem Rücken und schien fast einzuschlafen. Bei jedem Atemzug züngelten kleine Flammen aus den Nasenlöchern. Ein paar vertrocknete Blätter, welche von oben in die Höhle gefallen waren, schwebten über dem Kopf der Drachenfrau. Mit jeder kleinen Flamme flogen die Laubblätter in die Höhe. Dann schwebten sie tänzelnd wieder nach unten. Bis aus den Drachennüstern erneut eine kleine Flamme züngelte und die Blätter wieder nach oben trieb.

Während Kevin dies so beobachtete, kam ihm eine Idee.
„Ich hab's, ich hab's !", trällerte Kevin. „Nicht so laut", flüsterte Fine. „Was hast du denn?"
Kevin rückte seine Brille zurecht und machte dazu wieder sein typisch wichtiges Gesicht. „Feuer und heiße Luft! Das ist es. Kannst du dich noch erinnern, als wir mit dem Heißluftballon geflogen sind?" „Ja, das kann ich. Aber ich weiß beim besten Willen nicht, was du damit meinst?" „Wir müssen Griebs unbedingt eine Nachricht schicken. Er wird sich sicherlich mit einer Menge Waffen auf den Kampf mit Hässlon vorbereiten. Er wird dem Zauberer höchst kriegerisch gegenübertreten. Aber das bringt nichts. Den Kampf gegen Hässlon wird er so bestimmt verlieren. Mein Plan wäre:

In den drei Tagen bis zu Hässlons geplanter Eroberung müssen die Schneider auf der Burg aus großen Stoffbahnen Ballons nähen. Wir müssen genaue Skizzen anfertigen. Danach sollen dann Korbflechter große Körbe flechten, so dass immer fünf Männer oder Frauen hinein passen.
So etwas kennen die Menschen im Mittelalter noch nicht. Deshalb müssen wir das alles ausführlich beschreiben und schnellstens an Griebs übermitteln.
Die müssen auf der Burg richtige Ballons bauen, nach unserer Anleitung.
Mit Seilen müssen sie die Körbe an den Stoffballons befestigen.
Wir werden uns als Geiseln zwar über die Burgmauer reichen lassen, aber hinterher wird trotzdem kein Tor geöffnet. Wenn die Drachen dann auf Hässlons Befehl Feuer auf den Burghof speien, dann füllen sich die Ballons mit heißer Luft und heben mit den Burgbewohnern gen Himmel ab. Das heißt, alle sind erst einmal in Sicherheit und trotzdem bleiben die Tore der Burg verschlossen."
„Klingt nicht schlecht, deine Idee." Fine lächelte.
„Aber wie soll Griebs von deinem Plan erfahren? Wie soll er deine Bauanleitungen zu sehen bekommen?"
Kevin sah etwas verloren zu Fine. „Wir brauchen eine Brieftaube." Fines Augen funkelten.
„Lass mich das machen, mit der Taube", erwiderte sie geheimnisvoll.
Dann stichelte Fine mit einem Stöckchen an der Nase der Drachenfrau. So lange, bis Waldasara niesen musste. So heftig musste sie niesen, dass dabei der Staub nur so durch die Höhle wirbelte.
Die Drachenfrau war durch das Niesen aufgewacht. Fine sprach sie an:
„Ach, liebe Waldasara! Ich möchte dir ja so gerne ein Lied vorzwitschern. Aber leider hab ich lange nicht mehr gesungen. Ich kann mich nicht mehr daran erinnern, wie gesungen wird und ein Lied kenne ich auch keines mehr. Wenn du doch so lieb wärst, und mir eines von euren Täubchen in den Käfig geben würdest, bevor du es fressen wirst. Ich könnte dann mit dem Täubchen etwas das Singen üben und am Ende singen wir dir alle beide ein schönes Lied vor."
Plötzlich hörte die Drachenfrau gar nicht mehr so schlecht. Sie kreischte:
„Wenn es weiter nichts ist, so soll es daran nicht scheitern." Die Drachenfrau griff mit ihren Krallen in einen der Käfige, in denen die Tauben herumflatterten, die als Futter gedacht waren. Sie holte eine der Tauben heraus und reichte sie Fine in den Käfig hinein.
„Nun übt schön das Singen und friss mir die Taube nicht weg, verstehst du?"
Fine hielt die Taube im Arm und flüsterte: „Täubchen, ich habe dir soeben das Leben gerettet.
Bitte hilf mir dafür auch! Du bist ab sofort eine Brieftaube. Weißt du, was eine Brieftaube zu tun hat?" Die Taube gurrte, als wollte sie sagen: Danke, ich werde euch helfen.
Kevin hatte inzwischen das wichtigste, was er Griebs erklären wollte, sowie eine Skizze für die Ballons auf sein Taschentuch gekritzelt. Fine band das Tuch um den Hals der Taube, gab dem Vogel noch einen Schmatz auf den Schnabel und flüsterte: „Flieg geschwind, schnell wie der Wind, zur Burg, wo unsere Freunde sind!" Als hätte die Taube alles verstanden, flatterte sie nach oben durch die Höhlenröhre, und flog dann in Richtung Kriebstein.

Nach kurzer Zeit flog die Taube ins Innere der Burg und setzte sich vor einem Wächter herab auf einen Mauersims. Der Wächter erkannte sofort, dass die Taube ein Tuch mit sich führte. Er nahm der Taube die Botschaft in Form eines Tüchleins ab. Er überbrachte die Nachricht eiligst seinem Burgherrn, der seit dem Morgen wieder auf Burg Kriebstein zurückgekehrt war.

Griebs las die Nachricht, die Kevin an ihn gerichtet hatte, und er zweifelte nicht. So viel stand fest: Die beiden Kinder, die ihn, seine Kriebhilde und seinen Knappen vom Geisterdasein befreit hatten, waren tatsächlich in der Nähe. Zunächst hatte er schon vom Schmied und vom Stallburschen von Kevins und Fines Ankunft erfahren. Doch da hatte er noch etwas gezweifelt, ob es so ein Wunder geben könnte. Inzwischen wussten die Leute auf der Burg auch, dass der richtige Mönch, der die Geschicke auf der Burg im Auftrag von Griebs hätte leiten sollen, im Hungerturm eingesperrt war. Hässlon hatte dessen Sachen angezogen und sein falsches Spiel gespielt.
Griebs, der schon Schlimmes ahnte, hatte Mühe, mit den Skizzen auf Kevins Taschentuch etwas anfangen zu können. Gemeinsam mit seinen Freunden machte er sich Stück für Stück ein Bild von Kevins Plan.
Nach kurzer Zeit machten sich alle auf der Burg mit enormem Fleiß und mit Eile an die Arbeit.
Die Frauen schnitten aus Tuch große Streifen heraus. Die Schneider nähten diese Streifen so zusammen, dass es aussah, als wären es große, runde Zelte oder Riesenlampions. Korbflechter aus der Umgebung flochten große Körbe, die sie dann auf den Burghof schleppten, und Seiler machten Seile. Bald schon waren einige Ballons fertig. Zugegeben, Griebs konnte sich noch nicht vorstellen, was es so richtig mit diesen Gebilden auf sich hatte. Aber er vertraute ganz auf Kevin und Fine. Die kamen schließlich aus der Zukunft und hatten schon einmal ihre Fähigkeiten unter Beweis gestellt.

Nun warteten Griebs und sein Gefolge mit Gelassenheit auf Hässlons Besuch.

Nach genau drei Tagen und drei Nächten erschien Hässlon vor dem geschlossenen Tor der Burg. Hinter ihm standen die zwei alten Drachen Waldasar und Waldasara. Auf dem Rücken der Drachenfrau war der große Käfig festgebunden, in dem die Kinder eingeschlossen waren.
Mit fürchterlichem Geschrei brüllte Hässlon nach dem Ritter.

Griebs trat an ein geöffnetes Fenster im großen Torhaus, direkt über der Zugbrücke, und lächelte zum Zauberer hinunter.
„Ich frage mich, was es da noch zu lachen gibt? Wir kommen nicht zu dir, weil wir mit dir Spaß machen wollen. Die Sache ist verdammt ernst!", schrie der Zauberer. Und wie im Chor plapperten die dummen Drachen dem Zauberer alles nach: „Jawohl, verdammt ernst!" „Wer hat euch denn gefragt, ihr erbärmlichen Lurche?", schrie Hässlon nun die Drachen an. Man merkte, dass der Zauberer wütend war, weil Griebs keinerlei Angst zu haben schien.
Als Hässlon sich wieder beruhigt hatte, kam er dann auch gleich zur Sache. Er unterbreitete dem Ritter sein Handelsangebot: „Machen wir es kurz, Griebs! Da ich ein wenig Mitleid mit dir habe, und ich von einem Kampf mit Waffen, den du ja ohnehin verlieren würdest, verzichten will, höre mein großzügiges Angebot: Ich habe hier etwas im Käfig, mit dem ich dir eine große Freude machen will. Aber du hast es ja sicher schon gesehen. Wohlbehalten und gesund würde ich dir deine kleinen Freunde schenken. Ich weiß, wie sehr es dir leid tun würde, wenn ich die beiden, nun sagen wir mal... den niedlichen Drachen zum Fressen geben würde? Oder ich verzaubere sie einfach in zwei Vögelchen und du kannst zusehen, wie sie davonfliegen, hä, hä, hääh! Allerdings solltest du mir auch einen klitzekleinen Gefallen dafür erweisen..." Hässlon blickte zum Ritter hinauf und griente hämisch. Er wunderte sich noch immer, dass der Ritter so gut gelaunt war.
Damit hatte er nicht gerechnet.
Ritter Griebs tat so, als ginge er auf den Handel ein. Er lehnte sich etwas aus dem Fenster und rief hinunter: „Was wäre denn die Gegenleistung, welche ihr von mir erwartet?"
„Das ist nicht viel." Hässlon zeigte mit dem Finger auf die Burg. „Dieses, euer Häuschen sollst du mir dafür geben. Na ja, ich meine die Burg Kriebstein. Was ist schon solch ein Haufen zusammengebastelter Mauersteine gegen zwei so hübsche Kinderchen? Ich denke, das ist ein faires Angebot. Also, wir reichen euch den Käfig über die Mauer, und ihr öffnet dann die Tore!
Aber keine Angst. So dumm bin ich nicht, wie du es vielleicht denkst. Wenn du die Kinder hast, und dann die Burg doch verschlossen hältst, dann Gnade dir Gott! Im Nu werden meine zwei niedlichen Drachenfreunde mit ihrem heißen Atem die ganze Bude abfackeln." Waldasar stieß zur Abschreckung eine Riesenflamme aus dem Maul. Der Ritter musste durch den anschließend aufsteigenden Rauch husten und sagte: „Ist schon gut! Ich weiß ja, dass ihr ein gutes Feuerwerk machen könnt. Nun, Hässlon, ich nehme euren Vorschlag an.
Wir werden mit einen Seilzug den Käfig nach oben ziehen, und sobald die Kinder auf dem Burghof stehen, werden wir das große Tor für euch öffnen. Danach werde ich mit meinen Leuten diese Burg verlassen. Großes Ritterehrenwort! Wir werden entsprechend deinem Wunsch kapitulieren."
Der Zauberer ließ sich seinen Übermut sofort wieder anmerken, und rief: „Bla bla bla, Ehrenwort. Gebt mir die Burg und macht euch fort! Nehmt die Gören und werdet froh, wenn nicht, dann brennt's hier lichterloh! Hä, hä, hä..." Wieder lachte Hässlon vor Übermut.
Nun ging es zur Sache.
Der Käfig, in dem Kevin und Fine saßen, wurde mit einer Seilwinde auf den Burghof gezogen.
Dann ging alles nach Plan. Die Kinder wurden aus ihrem Gefängnis befreit. Noch blieb die Burg verschlossen.
„So viel Zeit muss sein", sprach der Ritter Griebs zu den Kindern. Nachdem wir uns solange nicht gesehen haben, will ich euch erst einmal ganz lieb umarmen!" Griebs, seine Braut Kriebhilde und Hugo der Knappe reichten den Kindern die Hände und drückten

einander. Auch ein ordentliches Festmahl war angerichtet. Ein paar Musiker spielten auf und es wurde sogar getanzt. Ja, es wurde ein richtiges Fest auf dem Burghof gefeiert. Und das richtig lange. Es herrschte auf der ganzen Burg große Fröhlichkeit, so als gäbe es den Zauberer Hässlon und die beiden Drachen überhaupt nicht.

Draußen, am verschlossenen Tor warteten Hässlon und die Riesendrachen. Beinahe platzte dem Zauberer der Kragen vor Ungeduld.
„Das ist doch nicht zu glauben. Wir stehen hier vorm Tor, wie angepinkelte Hunde und warten. Und die da drinnen, ich glaub's einfach nicht, die fressen, saufen und tanzen Polka.

Wir lassen uns nicht veräppeln. Wir zählen noch ganz langsam bis zehn, oder sagen wir bis zwanzig, und dann heizen wir ihnen dort drinnen richtig ein. Ein Feuerwerk vom Feinsten sollen sie bekommen. Entweder sie schmoren bis sie schwarz werden, oder sie öffnen die Tore und stürzen sich gleich von oben in das Wasser der Zschopau. Dann hören wir es hier oben zischen, wenn sie sich die Hintern verbrannt haben. Hä, hä, hä..."

Nun war es mit Hässlons Geduld zu Ende. Der Bratenduft, der bis vor das Tor zu riechen war und das Gedudel der Musikanten und endloses Lachen hinter den Mauern. Das konnte er nicht länger ertragen. Seine Augen glühten vor Wut. Endlich gab er den Drachen den Befehl zum Feuer speien. Diese konnten es auch kaum erwarten.
Eine nach der anderen Feuerwalze bewegte sich auf die Burg zu. Die Drachen fauchten und schnieften was sie konnten. Flammen, so hoch wie Bäume und schnell wie Blitze schlugen auf die Burg. Fast sah es so aus, als fing die Burg an zu brennen.
Doch was passierte jetzt? Oben auf dem Sims der Burgmauer stand plötzlich ganz frech der Ritter Griebs. Als wollte er sich über Hässlon und die beiden Drachen lustig machen, schüttete er aus einem hölzernen Trog einen großen Schwapp Wasser hinunter auf die Köpfe der Drachen. „Das war nur eine kleine Kostprobe!", hörte man Griebs vom Mauersims spotten. Für einen Moment vergaßen die Drachen das Feuerspucken, bevor sie erneut Flammen über die Burgmauern bliesen. Doch es kam immer schlimmer. So etwas hatte Hässlon noch nie gesehen. Riesengroße, aufgeblasene, runde Stoffsäcke stiegen hinter den Burgmauern in die Luft. Unten dran, an den runden Gebilden hingen Körbe. Aus jedem Korb schauten einige von den Burgbewohnern herunter. Sie schienen offensichtlich sogar noch Spaß dabei zu haben.
Fassungslos guckten der Zauberer sowie die beiden Drachen den Ballonfliegern hinterher.
Hässlon war am Ende seiner Kräfte und rief entsetzt: „Ich fasse es nicht, ich kann es nicht fassen!"

Es war alles nach Plan gelaufen. Die heiße Luft, die durch das Feuerspeien der Drachen auf den Burghof gelangte, fing sich im Inneren der Stoffballons und ließ diese langsam vom Boden abheben. So schwebten die Ballons mit den Körben voller Leute unten dran langsam zum Himmel hinauf. Das gesamte Gefolge von Ritter Griebs – natürlich auch Kevin und Fine – verließen die Burg. Aber nicht durch das Tor. Das blieb geschlossen. Außer dem Ritter Griebs stiegen so allmählich alle Burgbewohner immer höher in Richtung Himmel. Zumindest so lange, bis der Zauberer glaubte, es käme mit ziemlicher Sicherheit sowieso keiner von denen wieder herunter.

Nun könnte man denken, der Ritter fliegt mit seinem Gefolge in die Luft und der zornige Zauberer Hässlon könnte seine Drohung wahr gemacht haben. Könnte es denn nun so sein, dass die Drachen so lange Feuer auf die Burg spucken, bis diese lichterloh abgebrannt ist?
Wo sollten denn Ritter Griebs und alle anderen von der Burg dann hin? Dann, wenn die warme Luft nicht mehr zum Fliegen reicht und die Ballons wieder zur Erde sinken. Dann wäre ja dort, wo einst die schöne Burg Kriebstein stand, nur noch ein Berg mit Asche.

Keine Bange! Auch dafür wusste man Rat.
Ein alter Bekannter, ein Freund von Griebs wurde aus dem nahen Wald um Hilfe gerufen. Es klingt zwar etwas ungewöhnlich, aber wirklich: Dieser Freund hatte eine enorme Kraft und war stets hilfsbereit und natürlich immer auf der Seite von Ritter Griebs. Dieser Freund war ein Bär. Es war der Feuerwehrbär!
Man hatte ihm vorher ein riesiges, leeres Weinfass auf den Burghof gerollt. Eine lange Röhre wurde vom Fass bis hinunter ins Wasser des Flusses gelegt. Am Fass war eine große Kurbel, an welcher der Feuerwehrbär nun unermüdlich zu drehen begann. So pumpte der Bär mit der einen Tatze das Wasser nach oben. Und in der anderen Tatze hatte er ein Rohr, aus dem das Wasser zum Löschen des Feuers herausspritzte. Weil die Idee mit der Pumpe auch von Kevin kam, hatte auch diese in der Praxis bestens funktioniert. Ritter Griebs blieb bis zuletzt mit dem Bären auf der Burg und half beim Feuerlöschen. Dann stieg auch er als letzter von der Burgbesatzung in einen Ballonkorb, wo Kriebhilde und der Knappe Hugo bereits auf ihn warteten. Als der Ballon langsam mit den Dreien nach oben stieg, hörte er nur noch, wie Hässlon jammernd rief: „Seht doch, jetzt geht Ritter Griebs in die Luft!"
Im Übrigen brauchte der Bär gar nicht so lange Wasser pumpen. Keiner konnte ahnen, dass die beiden Drachen sich vor nichts mehr fürchteten als vor Wasser. Das war das Schlimmste, was den wasserscheuen Drachen passieren konnte. Jetzt, im Alter von vielleicht tausend Jahren fast ertrinken zu müssen. Da ergriffen Waldasar und seine Frau doch lieber die Flucht.

Der Rest der Geschichte ist schnell erzählt:
Der Feuerwehrbär konnte das Feuer löschen und die Drachen verjagen.
Zumindest die Drachen wurden seit dieser Zeit nie wieder gesehen. Der Zauberer Hässlon verschwand zunächst mit den Drachen, versprach aber ganz sicher wiederzukommen.
Die Ballons mit Ritter Griebs und allen anderen Burgbewohnern landeten nach einiger Zeit wieder dort, von wo sie abgehoben waren. Das Leben auf der Burg ging friedlich weiter.
Nur der Ballon, in dem sich Kevin und Fine befanden, flog immer höher, bis er am Himmel nicht mehr zu sehen war.
Kevin und Fine wissen zwar heute, dass sie beide einmal im Mittelalter gewesen sein mussten. Aber daran, wie sie dahin und wieder zurückgekommen sind, wissen sie nicht mehr.
Frau Pinglich behauptet, dass die beiden Kinder alles nur geträumt hätten.

Da wäre ich mir nicht so sicher.
Übrigens, den Feuerwehrbären, den muss es wohl wirklich gegeben haben.
Wo käme denn dieser Bär, der das Wappen des allerersten Burgherren und zugleich das heutige Wappen der Gemeinde Kriebstein ziert, sonst her?

Titel	Abenteuer mit Ritter Griebs von Kriebstein - Ritter Griebs geht in die Luft -
Text & Illustration	Jens Dittrich
Herausgeber	Staatliche Schlösser, Burgen und Gärten Sachsen gemeinützige GmbH Burg Kriebstein
Lektorat / Korrektur	Sebastian Steger
Gesamtherstellung	Telescope Verlag

ISBN: 978-3-941139-18-3
Preis: 9,90 Euro

www.telescope-verlag.de
www.burg-kriebstein.eu